EL BARCO DE VAPOR

# Retoñito

## María Menéndez-Ponte

Ilustraciones de Miguel Ordóñez

www.literaturasm.com

*Primera edición: julio 2010*
*Tercera edición: julio 2011*

Dirección editorial: Elsa Aguiar
Coordinación editorial: Gabriel Brandariz
Ilustraciones: Miguel Ordóñez

© María Menéndez-Ponte, 2010
© Ediciones SM, 2010
   Impresores, 2
   Urbanización Prado del Espino
   28660 Boadilla del Monte (Madrid)
   www.grupo-sm.com

ATENCIÓN AL CLIENTE
Tel.: 902 121 323
Fax: 902 241 222
e-mail: clientes@grupo-sm.com

ISBN: 978-84-675-4106-9
Depósito legal: M-29623-2010
Impreso en la UE / *Printed in EU*

*A mi hijo Álvaro,*
*de cuya imaginación*
*salió un buen día Retoñito.*

# 1 problema sin solución

Álvaro dibujó un triángulo
apretando con fuerza el rotulador sobre el papel.
Empezaba a estar harto. Era el sexto
que dibujaba y no conseguía que le saliera
el problema. ¿Cómo podían los profesores
poner problemas tan difíciles?
¿Es que no había una ley que protegiera
a los niños? Debería estar prohibido
hacerles trabajar de esa manera.
¿Acaso no les bastaba con todo
lo que hacían en el colegio?
Un problema así, con toda seguridad,
tenía que causar graves daños en el cerebro.

Nada, que no, que aquello era imposible.
Daba igual cuántas veces lo dibujara,
que seguía sin salirle.

¿Y si el problema estaba mal
y por eso no conseguía resolverlo?
¡Con lo bien que estaría él jugando
con la consola o viendo la tele!

Estaba furioso. Tan furioso que dibujó
el triángulo al revés, con el vértice
hacia abajo y la base hacia arriba.
Luego le puso dos ojos como pelotas
de ping-pong, separadas únicamente
por unas cejas en forma de uve, una nariz
de patata y una boca que parecía
una U gigantesca. A continuación
le añadió una media luna color castaño
a modo de flequillo y tres retoños de pelo,
uno en cada vértice y otro en el centro.
Y un cuerpo rechoncho. Y unos brazos
que parecían patas de cigüeña. Y unas piernas
tan cortitas como las del ciempiés.

Y de pronto, el problema de mates
se convirtió en Retoñito, pues así fue
como lo bautizó Álvaro en vista de los retoños
de pelo que sobresalían de los vértices
y de la base del triángulo.
Era un personaje simpático,
un poco descarado tal vez y muy inquieto.

Inmediatamente,
Álvaro decidió hacer un cómic con él
y se puso a ello con gran entusiasmo.

¡Qué lejos estaba el pobre de imaginar
el sinfín de problemas que iba a causarle
aquel *simpático* personajillo!

## Un problema que se multiplica por 2

ÁLVARO no había hecho más que dibujar
unos trazos del que sería el mundo
de Retoñito, cuando oyó la voz de su madre:

–¡Álvaro, ven a cenar!

«¡Qué fastidio, precisamente ahora
que me acabo de poner!», pensó.
La tentación de seguir dibujando
era muy fuerte, no se podía dejar una obra
a medias. Pero si había algo que odiaba
su madre era que la hicieran esperar
con la comida enfriándose en el plato.
Y por desgracia, él lo hacía muy a menudo.
No aposta, desde luego; simplemente,
se le iba el santo al cielo. Por eso su madre
había hecho un trato con él, nada justo,

a su parecer. Cada vez que se retrasaba,
le quitaba cincuenta céntimos de su paga.
¡De su mísera paga de tres euros!
Y desde luego, este no era el mejor momento
para dejar escapar ni un solo céntimo,
no ahora que estaba ahorrando
para un videojuego. Lo tenían todos
sus amigos menos él, era un juego estupendo.
Y deseaba tanto tenerlo...

Como si le hubieran apretado
algún resorte, Álvaro se puso en pie,
tiró el rotulador sobre la mesa y se abalanzó
sobre la puerta. Pero no llegó a abrirla.
Una voz lo dejó tieso, congelado.

–¡Eh, tú, Bávaro o como te llames,
no puedes dejarme así!

«¿Quién ha dicho eso?»,
pensó Álvaro preocupado. Su madre
solía decir que su imaginación era atómica,
pero... ¿hasta el punto de oír voces?

Álvaro decidió olvidarse del asunto
y marcharse a cenar antes de que su madre
le requisase esos cincuenta céntimos
que tanto le costaba conseguir,
así que presionó hacia abajo
la manilla de la puerta.

–¡Ni se te ocurra marcharte, Bávaro!
–volvió a decir esa voz autoritariamente.

Álvaro se quedó tan tieso
como la propia manilla.
No era producto de su imaginación,
sino una voz real, desconocida,
con un extraño timbre metálico,
que había sonado a sus espaldas
con toda claridad.
Y no se trataba de la radio
porque estaba apagada.
¿Quién diablos era entonces?

# *A la de una, a la de dos y a la de...*

ÁLVARO seguía ahí de pie,
contemplando la manilla desconcertado,
sin dar crédito a lo que acababa de escuchar.

–Te estoy diciendo que vengas,
¿no me oyes? –insistió la voz.
Sonaba tan impaciente como la de su madre,
pero no era ella.

Álvaro se giró hacia la mesa
como un detective en plena acción
y preguntó:

–¿Quién ha dicho eso?

–Soy yo, Retoñito.

Álvaro se quedó paralizado.
¿Tendría razón su madre?

¿Era su imaginación tan atómica
que hasta podía oír la voz del monigote
que acababa de dibujar en el papel?

—¡¡¡Qué!!! —chilló la voz
con un volumen desproporcionado.

Sus oídos retumbaron
como si unos platillos hubieran tocado
un final apoteósico dentro de sus orejas.

—¡Vamos, Bávaro! ¿Piensas quedarte
ahí pasmado toda la noche?
¡Siéntate y sigue dibujando! —le ordenó.

Como un autómata, Álvaro,
absolutamente desconcertado,
dio los pasos que le faltaban
para llegar hasta su mesa de trabajo
y fijó los ojos en el papel
donde acababa de dibujar a Retoñito.

Entonces observó que tenía
una expresión diferente a la que él
le había dibujado: estaba enfurruñado.

   –Pero...

   –¡Pero nada! –le cortó el monigote–.
No vas a dejarme así, en medio de... de...
¡de la nada! –gritó.

   Muy asombrado,
Álvaro cogió el papel entre las manos
y le preguntó cara a cara:

   –¿Cómo es que puedes hablar?

   –Ja. ¿Es un chiste?
¿Me lo preguntas tú, que me has creado?

   –Pero es que yo...

   –¡Venga, tío, corta el rollo
y ponte a dibujarme juguetes,
que me aburro!

–¡¡¡Álvarooo!!!

A estas alturas, la voz de su madre
había alcanzado el timbre de una soprano
a punto de dar el do de pecho.
Y eso significaba que su paciencia
había llegado al límite.

Álvaro volvió a acordarse
de sus cincuenta céntimos.

–¡¡¡Quiero mis juguetes!!!
–le reclamó Retoñito en tono imperativo.

# Un 4 entre la espada y la pared

Así se sentía Álvaro en ese momento,
como un cuatro entre la espada y la pared.
¿A cuál de los dos hacía caso:
a su madre o a Retoñito?

–Escucha, tengo que irme a cenar,
pero vuelvo enseguida y te dibujaré
los juguetes que quieras –le aseguró.

–¡Esa sí que es buena! ¿Y yo qué, no ceno?
¿Quieres que me muera de hambre?

–¡¡¡Álvaro!!!

La voz de mamá sonaba terriblemente
enfadada, debería irse ya...

–¡¡¡Quiero mi cena!!! –exigió Retoñito.

¿Qué diablos iba a hacer?
Entre los dos lo estaban aturdiendo.

–¡¡¡Álvaro!!!

La voz de su madre sonaba
como un repique de campanillas.

–¡¡¡Quiero mi cena!!!

La voz de Retoñito sonaba
como un solo de trompeta desafinado.

¿A cuál de los dos hacía caso?

El único segundo de silencio que hubo,
Álvaro pensó que los cincuenta céntimos
ya estaban perdidos; no había nada
que hacer por ese lado.
Así que cogió de nuevo el rotulador
y se puso a dibujar un bar:
*El Retoño. Especialidad, bocatas de aire.*

–Ahí tienes, hínchate –le dijo riéndose
por dentro.

No estaba mal la broma que le había
gastado, pensó; donde las dan, las toman.
A ver si así se le bajaban los humos
a ese enano, que estaba muy crecidito.
¡Menudo descarado!

Claro que Álvaro ignoraba el riesgo
que corría con esa acción.
En cuanto se marchó a cenar,
Retoñito empezó a engullir, uno tras otro,
una pila de bocatas de aire.
Hasta que se le puso la barriga
como la bolsa del aspirador
después de una limpieza general.

## 5 Retoñito se pone a dar brincos

ÁLVARO regresó a su cuarto
satisfecho de la cena, con el regusto
de la tarta de manzana y canela todavía
en su boca. Pero nada más traspasar
el umbral de la puerta, un tufillo
a bomba fétida inundó su nariz.

–¡Qué pestazo, huele que atufa!
–exclamó tapándosela.

–¡Pues claro! ¿Qué querías?
Han sido los bocatas de aire
–respondió Retoñito brincando
por el papel.

Álvaro se abalanzó sobre él.

–¡Serás guarro!

–Fuiste tú quien me los sirvió de cena;
ahora no te quejes.

–Bueno, pues deja de dar saltos
o esto será insoportable.

–Y tú déjate de charlas
y ponte a dibujarme los juguetes.

¿Los juguetes? En unos minutos
daría comienzo una serie  en la tele
que Álvaro quería ver. Pero también empezaba
a conocer a Retoñito y sabía que era inútil
ponerse a discutir con él.

–Está bien, te dibujaré el mejor juguete
del mundo. No necesitas nada más
para divertirte –le aseguró.

Y en un pispás, le dibujó un balón.
Un enorme balón de fútbol.

¡Pobre Álvaro! No tenía ni idea
de lo que le esperaba a su vuelta.

# 6 *desastres de los gordos*

Después de una hora metido en la piel
del detective de la serie, Álvaro ni se acordaba
ya de Retoñito. Estaba muerto de sueño,
deseando acostarse. Pero en cuanto entró
en su cuarto, supo que algo andaba mal.
No había luz. Y eso era raro, porque él
la había dejado encendida aposta
para que Retoñito no le protestara.
¿Habría pasado su padre por allí
y la habría apagado? Seguro.
No le gustaba que se dejaran las luces
encendidas y siempre los regañaba por ello.

Álvaro le dio al interruptor de la luz
sin éxito. El cuarto seguía a oscuras.
¡Vaya, se había fundido la bombilla!

Fastidiado, se fue a buscar una de repuesto
y la escalera para poder llegar a la lámpara.

–¿Se puede saber qué haces? –le interrogó
su madre.

–Se me ha fundido la bombilla
y voy a cambiarla.

–¿Te ayudo?

–Deja, ya puedo yo solo –le respondió.

Aunque no resultaba fácil manejar
una escalera que le doblaba en tamaño,
y mucho menos a oscuras, Álvaro prefirió
que su madre no entrara en su cuarto,
porque siempre encontraba algo
que recriminarle.

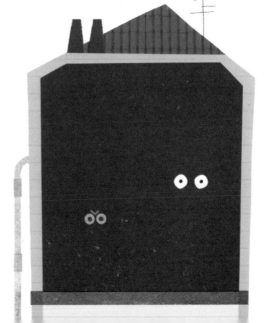

Antes de llegar al centro de la habitación,
donde estaba la lámpara, Álvaro se dio
un par de trastazos con los muebles.
Así que decidió apoyar la escalera
contra el armario e ir a encender la luz
del flexo que tenía en la mesa.
Pero, curiosamente, el flexo no estaba
sobre la mesa. Álvaro palpó a tientas
la superficie una y otra vez sin dar crédito.
¿Dónde diablos estaba?

–¡Eh, tú, Bávaro, vaya manotazo,
me has despertado!

Álvaro dio un respingo.

–Estoy buscando el flexo
–respondió aturdido.

–Se ha caído.

–¿Cómo que se ha caído?
¿No lo habrás tirado tú?

–Yo no, ha sido el balón
que *tú* has dibujado –le respondió Retoñito
subrayando el «tú».

–Pero habrás sido *tú* quien le ha dado
la patada al balón –le replicó Álvaro
subrayando también el «tú».

—¡Vaya, esto es el colmo!
Primero me despiertas y ahora me acusas
de algo que ha hecho el balón. ¡Genial!

—¿Y la lámpara? ¿También la ha fundido
el balón?

—¡Bingo! ¡Has acertado!

—¡Serás embustero...! Es la mentira
más estúpida que he oído en mi vida.

—¡Vamos, enciende la luz de una vez
y verás que no es ninguna mentira!

A tientas, Álvaro cogió su linterna
de la estantería y la encendió. Entonces
dio comienzo una de las peores pesadillas
que uno puede vivir, o al menos eso pensó él
en aquel instante. No podía creer
lo que estaban viendo sus ojos;
el panorama era verdaderamente desolador.
La lámpara, que era una gran bola de papel,
yacía desinflada sobre el parqué
y la bombilla se había roto en mil pedazos.
Pero es que también el flexo estaba tirado
en el suelo, debajo de la mesa,
junto a los cristales de... ¡su vaso de Tintín
hecho añicos!

Una furia irrefrenable se apoderó
de Álvaro. Estaba a punto de enloquecer.
Y eso que todavía no había visto todo.
Como en las peores pesadillas, aún había más:
la coca-cola, que estaba dentro del vaso
antes de que se rompiera, había salpicado
el armario entero, los libros, la bolsa
de deportes y la mochila del colegio.

¡Aquello era demasiado!

Álvaro estaba ciego de rabia,
su pecho era como un globo a punto de explotar.
Pero la sucesión de desastres no terminaba ahí.
Además de la lámpara, el flexo, el vaso
y las manchas de coca-cola,
todos los libros de la estantería
estaban tirados encima de su cama.

Y eso no era lo peor. ¡Qué va!
Ni muchísimo menos. Álvaro todavía
no se había percatado del destino final
de su avión, una maravillosa maqueta
que él mismo había construido
y de la que se sentía tremendamente orgulloso.
Pero, en cuestión de segundos, comprobaría
que no estaba en lo alto de la estantería.

—¡Nooo! —gritó desesperado.

Su avión, su queridísimo avión
que tantos esfuerzos le había costado,
estaba convertido en un montón de trozos
de madera esparcidos por el suelo.

La cara de Álvaro era como una berenjena
a punto de reventar.

## 7 argucias de Retoñito
## para convencer a Álvaro

–¡Esto ya es demasiado! –explotó Álvaro
al fin–. ¡Te has pasado tres pueblos! ¡Te borraré
ahora mismo! –gritó como un energúmeno.

–No puedes hacerlo. Matar a la gente
va contra la ley –le respondió Retoñito,
tan fresco.

–Ja, ja. Me parto de risa. Solo eres un dibujo.

–¿Y qué? Tú me has dibujado, así que,
si me matas, sería como matarte a ti mismo.

–¡Qué bobada! ¿Quieres ver cómo
te borro del mapa y yo sigo vivito y coleando?

–¡No seas bruto, Bávaro,
que soy tu álter ego!

–¿Mi quéee?

–Tu otro yo.

–¿Qué vas a ser mi otro yo?
Eres un mentiroso. Y un descarado.
Y un vándalo. Y un guarro. Y...

–Y parte de ti, soy parte de ti.
No puedes hacerlo.

–Y tú no puedes destrozar mi cuarto.

–Yo no he sido, te lo juro. Ha sido el balón.
Pregúntale a él.

–Los balones no hablan, lo sabes muy bien.

–Míralo, se ha escondido debajo
de tu cama, y eso es una prueba definitiva
de su culpabilidad. Si no tuviera nada
que ocultar, no se habría escondido.

Este último argumento hizo dudar
a Álvaro, o al menos lo ablandó. Y Retoñito
lo notó, así que trató de rematar la jugada.

–Es un balón perverso que no obedece
mis órdenes y ya no pienso jugar más con él.

Álvaro estaba a punto de dejarse convencer,
cuando...

# 8 arguzias de Álvaro
## para convencer a su madre

La madre de Álvaro entró en el cuarto
y lo primero que vio fue la lámpara
tirada en el parqué rodeada de diminutos
cristales, justo en medio de la habitación.
Inmediatamente después, sus ojos,
cada vez más furibundos, se dirigieron
al flexo que estaba debajo de la mesa,
donde había otro montón de cristales,
unos finos y transparentes, otros gruesos
y opacos. A continuación, su mirada
se posó en el armario salpicado de coca-cola,
y en los libros salpicados de coca-cola,
y en la bolsa de deportes salpicada
de coca-cola, y en la mochila del colegio

también salpicada de coca-cola.
Y cuando aún no había visto los libros
de la estantería caídos sobre la cama
y la maqueta del avión convertida
en un montón de astillas, sus ojos eran ya
dos pequeños planetas fuera de las órbitas.

–¡¡¡No puedo creer lo que estoy viendo!!!
–gritó.

Álvaro dio un bote y se volvió hacia ella.

–Yo no he sido, mamá –dijo poniéndose
a la defensiva.

–¡Lo que faltaba! ¡Encima, mintiendo!

–No, no, te lo juro; yo no he sido.

–¿Quién ha sido entonces?
¿No pensarás echar la culpa a tus hermanos?
Te lo digo porque ya están durmiendo.

Álvaro sintió como si alguien le apretara
la garganta impidiéndole hablar,
de modo que su madre prosiguió su discurso
cada vez más enfadada. Seguro que pensaba
que su silencio era una prueba
de su culpabilidad. Y eso sí que no podía
permitirlo. Por eso, y aun a sabiendas
de que iba a liar más la situación,
dijo por fin, en un desesperado intento:

–Ha sido culpa de Retoñito.

–¡Ya está bien, Álvaro!
¿No te parece que has pasado la edad
de inventarte amigos imaginarios?

–No es imaginario, mamá; existe de verdad –replicó sin pensar en las consecuencias.

–¿Ah, sí? ¿Y dónde está, si se puede saber? –preguntó mamá con retintín.

Álvaro dirigió la linterna hacia la mesa, enfocando a Retoñito.

–Ahí está.

–¡Pero bueno! ¡Esto es ya lo que me faltaba! –volvió a irritarse–. ¿Me quieres tomar el pelo?

Álvaro negó con la cabeza.
Era tal la impotencia que sentía
que no le salían las palabras.

–¡Es el colmo de la desfachatez, Álvaro!
No sé qué voy a hacer contigo.

–Pero, mamá...

–¡Ni mamá ni nada! Estoy harta.
Me gustaría que por lo menos dijeras la verdad.

–Es que esa es la verdad.
Le dibujé una pelota a Retoñito
y se puso a lanzar disparos a lo loco
por toda la habitación. ¿Lo ves?
–dijo mostrándole el dibujo–.
Ya no está donde yo...

Iba a decirle que la pelota no estaba
donde él la había dibujado,
cuando la vio con sus propios ojos
exactamente en ese mismo lugar.
Álvaro enmudeció.

–Es la mentira más absurda
que he oído en toda mi vida –dijo mamá.

–Que es verdad, mamá,
que antes no estaba la pelota.

–¡Vamos a ver! ¿Me tomas por tonta o qué?
Yo ya no sé qué hacer contigo.
Lo he intentado todo, por las buenas
y por las malas, y no hay manera
de que entres en razón. Eres imposible.
¿Tú no ves que es mucho mejor decir la verdad
en lugar de inventarte todas esas patrañas?
Lo único que consigues es empeorar las cosas.
Y ya ves que antes se coge al mentiroso
que al cojo.

A Álvaro le pareció escuchar una risita
ahogada que provenía del papel donde estaba
Retoñito y giró la cabeza hacia allí.

–¡Y encima no me estás escuchando!
¡Es el colmo!

El enfado de su madre iba en aumento.
Cada vez hablaba en un tono más alto
y su expresión era más feroz.

   –... Si es que es inútil hacerte razonar,
al final contigo solo sirve el castigo.
Pues ya lo has conseguido:
tu paga de esta semana me servirá
para comprar bombillas.
¡Ah, y olvídate de la televisión!

   –Pero ¿por qué? –gimió desesperado.

   –¿Y aún tienes la cara dura de preguntarlo?
Anda, calla y recoge inmediatamente
todo este desastre.

   –Pero, mamá...

   –Y sin rechistar, que siempre quieres tener
la última palabra.

   Y dicho esto, salió del cuarto
como una tromba.

# 9 *Álvaro se ablanda como la nieve*

ÁLVARO estaba a punto de llorar de rabia.
¿Por qué su madre no le creía?

–¡Vaya excusas más estúpidas has puesto!
–dijo Retoñito con su voz de trompeta.

Esto terminó de sacarle de quicio.
Y en un arrebato de los suyos,
agarró el papel donde estaba dibujado,
hizo una bola con él y lo tiró a la papelera.

–¡Se acabó! ¡Estoy harto de ti!

–¡Socorro! ¡Auxilio!
¡Bávaro, sácame de aquíii! –gritó Retoñito.

–Por mí puedes chillar todo lo que quieras.
Te lo tienes merecido.

–Pero, si chillo, tu madre te castigará a ti,
no a mí.

Eso era cierto.
Álvaro dudó por un momento.
La verdad es que no se atrevía
a romper el papel, ni a tachar el dibujo,
aunque ganas no le faltaban.
Pero Retoñito tenía razón:
era como matar una parte de sí mismo.

–Si me prometes portarte bien,
te perdono la vida –le dijo en un arranque
de generosidad.

–Vale, me portaré bien, te lo prometo
–dijo Retoñito.

Entonces Álvaro sacó de la papelera
la pelota de papel y la deshizo.
«Pobre Retoñito, parece un higo seco»,
pensó al verlo. Y se puso a plancharlo
lo mejor que pudo.

Naturalmente, ignoraba que las promesas
de los monigotes se las lleva el viento.

## 10 Discutiendo otra vez

A Álvaro le llevó un buen rato
poner en orden todos los desastres de su cuarto.
Y estaba ya con un pie dentro de las sábanas,
deseando meterse en la cama,
cuando escuchó la voz metálica de Retoñito:

–¡Eh, Bávaro! Antes de acostarte,
tendrás que dibujarme de nuevo;
tengo más arrugas que un traje sin planchar.

–Lo haré mañana, si no te importa;
tengo sueño y quiero dormir.

–¡Vaya, qué egoísta!
Tú a planchar la oreja y yo aquí, sin casa,
sin cama, sin juguetes...

–¿No quedamos en que ibas a portarte bien?

–Y me estoy portando bien,
eres *tú* quien no se está portando bien
conmigo –subrayó el «tú».

–¡Pero qué morro tienes!
¿Cómo puedes retorcer siempre todo?

Nada más decirlo, Álvaro se dio cuenta
de que esa era una frase que su madre
le repetía a él bastante a menudo.
Pero no tuvo tiempo de pensar más sobre ello,
porque ya estaba Retoñito replicándole:

–¡Tú sí que tienes un morro que te lo pisas!
Eres tú quien me ha retorcido a mí.
No hay más que verme, a las pruebas me remito
–dijo teatralmente.

Álvaro estaba desesperado.

–Eres... eres... ¡imposible! –le soltó.

Y enseguida cayó en la cuenta de que esa
era otra de las frases favoritas de su madre.
Claro que a Retoñito le importaba todo
un comino; no como a él, que le dolían
las cosas. Además era un respondón
y no se callaba ni debajo del agua.

–Mira, ahí te doy la razón.

«¡Vaya!», pensó Álvaro,
al menos por una vez se la daba.
Pero a renglón seguido volvió a ser
el de siempre y añadió con una insoportable
chulería:

–Efectivamente, es imposible
estar todo arrugado en medio de una página
en blanco, ¿sabes? Me gustaría verte a ti
en esta situación.

–Yo no me refería a eso.

–¿Y a qué te referías entonces?

–Bah, déjalo.

–¿Por qué?

–Pues porque estoy cansado.

–No tienes aspecto de cansado.
En cambio, mírame a mí.

–¡Eres un respondón!

–Y tú, un malqueda.

–¿Por qué?

–Dijiste que me dibujarías de nuevo.

–No lo dije.

–Sí lo dijiste.

–No.

–Sí.

–No.

–Sí.

–Está bien, te dibujaré. No tengo ganas de pasarme la noche discutiendo.

Álvaro cogió el rotulador y se dispuso a dibujarlo dentro de una calle.

–¿Cuál es mi casa? –le preguntó Retoñito.

–Esa –respondió Álvaro señalándole un piso.

–Quiero verla por dentro.

–Oye, que no me voy a pasar toda la noche dibujando.

–Y yo no me voy a pasar toda la noche en medio de una calle, ¿no te parece?

Ese tío era la rebomba. Álvaro tuvo la tentación de ponerle una cremallera en la boca a ver si así se callaba de una vez, pero, por alguna oculta razón, empezó a dibujar obedientemente la habitación de Retoñito. Hasta que la puerta de su cuarto se abrió de nuevo.

–¡Pero bueno, Álvaro! ¿Se puede saber
qué haces hablando solo? Además,
¿tienes idea de la hora que es? –dijo su madre
con cara de pocos amigos.

¿Pero es que entre los dos no iban a dejarlo
en paz ni un segundo? Álvaro se limitó
a esbozar un gesto de impotencia,
dispuesto a aguantar el chaparrón, pues sabía
de antemano que tenía la batalla perdida.

–¿Dónde tienes la cabeza?
¡Es tardísimo! Deberías estar ya durmiendo.
De verdad que no sé qué voy a hacer contigo.
¿No te das cuenta de que tengo que estar
todo el día detrás de ti como si tuvieras
dos años? En cuanto me descuido, ya la estás
montando de nuevo. ¡Venga, a la cama!

¡Qué graciosa! Ya le gustaría a él
poder estar durmiendo, pero con Retoñito
era imposible. Sin embargo, se mordió
la lengua para no empeorar las cosas.
Y en lugar de replicarle como hacía siempre,
dijo sumisamente:

–Sí, mamá, ya voy.

Ella esperó a que se metiera en la cama
y le apagó la luz antes de salir.
Él sintió cierto alivio.
A veces no estaba mal que los adultos
tomaran decisiones drásticas, pensó aliviado;
al menos hoy le había librado
de un buen marrón.

¡Pero qué poco conocía Álvaro
hasta dónde llegaba el atrevimiento
de Retoñito!

## *11 librazos*

Cuando estaba a punto de entrar
en la primera fase del sueño
–que, como todo el mundo sabe,
es la más profunda–, Álvaro escuchó
el sonido lejano de un moscardón
que zumbaba por su cuarto,
pero decidió ignorarlo y aferrarse a su sueño.
Era un sueño estupendo: gracias al gol
que él había metido, acababan de ganar
la liga intercolegial y todos lo felicitaban
lanzándolo por los aires.

Pero aquel zumbido, lejos de parar,
iba creciendo en volumen dentro de su oído,
como si hubiera un coche de Fórmula 1
dando vueltas alrededor de su cama.

# RRRR

A pesar de ello, él se negaba a dejar
aquel sueño maravilloso, luchando con todas
sus fuerzas para no despertarse.

*Run, run, rrrrrrruunnn.*
El ruido era cada vez más insoportable.
*Run, run, rrrrrrruunnn.* Y el sueño se alejaba
sin que él pudiera hacer nada por retenerlo.

¿Quién diablos estaba haciendo semejante
ruido? –se indignó–. ¿Acaso su padre
se había puesto a ver la Fórmula 1 en la tele?
¡Y luego se quejaba de lo alta
que la solía poner él!

Esa falta de consideración lo irritó
profundamente. ¿Por qué los mayores
no se aplicaban sus propias reglas?
¡Qué escándalo! Parecía como si la carrera
se estuviera celebrando dentro de su cuarto.
Con semejante ruido era imposible dormir.
Se levantaría e iría a quejarse. ¡Faltaría más!

A pesar de lo soñoliento que estaba,
Álvaro se incorporó en la cama
con esa determinación que provoca la rabia.
Y ya estaba a punto de tirarse al suelo,
cuando comprobó que el ruido no procedía
de la tele, sino de su propio cuarto,
concretamente de su mesa. Entonces volvió
a acordarse de Retoñito.

–¿Qué diablos estás haciendo?
¿Quieres que venga mi madre otra vez?
–le susurró muy enfadado.

–Estoy probando el coche
que me has dibujado. Es bárbaro.

–¿Es que no te importa
que me vuelvan a castigar por tu culpa?

–Perdona, pero no sería por mi culpa
sino por la *tuya*. Si me hubieras dibujado
el coche cuando te lo pedí, ahora estaría
roncando a pierna suelta. Me has alterado
el ciclo vital.

–¡Esto es el colmo del descaro!
–gritó Álvaro sin poderse contener
por más tiempo.

Necesitaba desahogarse,
sacar fuera la impotencia y la rabia
que sentía en ese momento.
Y si lo oía su madre, tanto mejor.
Así se daría cuenta de que lo que le había
contado de Retoñito no era ninguna bola.
En cambio, a él le daba lo mismo,
le importaba todo un pepino,
así que continuó sacándolo de quicio.

–¿Sabes qué? Que pareces tu madre;
dices exactamente las mismas cosas
–le soltó tan fresco.

–Porque me sacas de quicio
–le respondió Álvaro, cada vez más furioso.

–Perdona, yo no te saco de quicio;
eres *tú* el que se irrita por nada
–subrayó el «tú».

–¿Por nada, dices?
Me despiertas con un ruido espantoso,
¿y eso es nada?

–*Tú* me despertaste a mí de un manotazo
y me aguanté. En cambio, *tú* eres un niño
delicadito, un quejica –subrayó los dos «tú».

Eso sí que ya era demasiado.
Álvaro no se pudo contener
y le lanzó uno de los libros de la estantería.
Con toda su fuerza.

   –¡Fallaste! ¡Ña, ña, ñañaña!
¡Ña, ña, ñañaña!

   Álvaro cogió otro libro y se lo lanzó.
Y otro. Y otro. Y otro…

   Así hasta once.

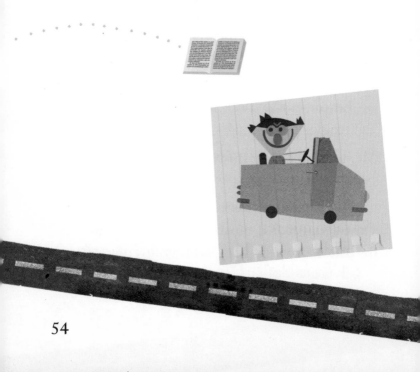

## Las 12 de la noche

MAMÁ entró en la habitación
como una tromba; sus ojos parecían
dos bengalas en la noche.

–¿Qué está pasando aquí?
¿Es que te has vuelto loco?
–dijo muy enfadada, encendiendo la luz.

Entonces vio todos los libros
esparcidos por el suelo.

–¿Por qué has tirado los libros?
–le preguntó con expresión grave.

Álvaro volvió a dudar.
No sabía qué responder.
Su madre no le había creído lo de Retoñito,
y volvería a llamarle mentiroso...

–A ver, Álvaro, estoy esperando
a que me respondas. Supongo que tendrás
una razón para semejante acto de vandalismo
a estas horas de la noche. Son las doce,
por si no te has enterado, y papá y yo
pretendemos dormir; si tú nos dejas, claro
–añadió con retintín.

Álvaro, desde su cama,
podía ver perfectamente su mesa de trabajo.
Y allí estaba el descarado de Retoñito,
sacándole la lengua y haciéndole burla.
¡Era el colmo!

–Es que tú nunca me crees
–dijo en un esfuerzo desesperado;
resultaba difícil ignorar a ese monigote.

–Bueno, eso es lo que ocurre
cuando uno no dice la verdad:
al final, nadie te cree.
Ya conoces el cuento de Pedro y el lobo.

–Tú no lo entiendes, mamá.
Es por culpa de Retoñito:
me está desquiciando
–dijo Álvaro señalando su mesa,
a punto de llorar.

Mamá se dio cuenta de su estado
y se acercó adonde estaba el dibujo.

–¿Este es Retoñito? ¿Qué te pasa con él?
Es un personaje muy salado,
te ha salido muy bien.
Creo que deberías inventarle una historia
o hacer un cómic con él.

¿Una historia?
Mamá no tenía ni idea
de que ese monigote estaba vivito y coleando,
y no hacía más que meterlo en líos.
Lo último que necesitaba
era que le inventaran historias;
él mismo se encargaba de liarlas bien gordas.
Si acaso, lo que había que hacer
era darle una tila muy cargada
para que se tranquilizara
y le dejara dormirse de una vez.

Álvaro se sintió cansado.
Terriblemente cansado.
Y triste. Terriblemente triste.
En ese momento le pareció que el mundo
se había confabulado en su contra.
O quizá que él no encajaba en el mundo.

El caso es que se echó a llorar desconsolado.

Entonces mamá supo que le ocurría
algo más profundo que no acertaba a contarle
y se acercó para tranquilizarlo.

–¿Qué te pasa, Álvaro?
–le preguntó acariciándole la cabeza.

–Es que siempre me la estoy cargando
con todo el mundo: contigo, con papá,
con la abuela, con los profesores...

Mamá recordó esa sensación
que ella misma había experimentado
tantas veces de pequeña.

–Bueno. Si te sirve de consuelo,
yo a tu edad también me la cargaba
por casi todo lo que hacía.

Álvaro abrió los ojos
como un búho en plena noche.
Su madre nunca le había comentado
semejante cosa.

–¿En serio?

–Sí, en serio. Tenía una imaginación
tan atómica como la tuya y...

–Siempre te metía en líos –Álvaro remató la frase.

–Pues sí, hasta que aprendí a dominarla. Entonces te das cuenta de que es el mejor tesoro que uno puede tener –Álvaro frunció el entrecejo, no demasiado convencido–. La imaginación es como un caballo salvaje, que si lo entrenas bien, puede convertirse en un gran campeón.

–¿Y cómo se domina?
–preguntó expectante.

Álvaro esperaba una fórmula mágica
de labios de su madre;
por eso se sintió decepcionado
al escuchar su respuesta:

–Con la inteligencia.

Y es que él no era precisamente
el más inteligente de su clase.
Es más, casi nunca sabía responder
lo que le preguntaba la profe.

–Eso no es tan fácil.

–Tienes razón, no lo es.
Pero las cosas fáciles son aburridas;
en cambio, los retos son un estímulo
para el cerebro, y llevarlos a cabo
hace más grandes e inteligentes a las personas.
Yo estoy segura de que tú puedes conseguir
todos los retos que te propongas;
eres un niño muy inteligente.

Álvaro agradeció sus palabras.
Era genial tener una madre
que te quisiera tanto y pensara que eras
el ser más inteligente de la Tierra.

Eso le hizo recuperar
la confianza perdida.
Sí, su madre tenía razón:
él era lo bastante inteligente
como para poder con Retoñito.
¿Habría escuchado ese monigote
lo que su madre había dicho?
A ver si tomaba buena nota
y se le bajaban los humos,
que estaba muy crecidito.
Para comprobarlo, le echó una mirada
por encima de la cabeza de mamá.
Entonces vio que del papel salían
un montón de zetas. Estaba roncando
como un bendito. ¡Menuda cara de ángel!
Daba el pego así dormido.
A ver cómo se comportaba mañana.
¡Pobre de él si intentaba sacar
los pies del tiesto o trataba de torearlo!
¡Se iba a enterar! Pondría a trabajar
su inteligencia hasta que le saliera humo
de la cabeza, así que ya se podía ir preparando
para el duelo.

　　Mamá volvió a acariciarle la cabeza
y le dio un beso.

ZZZZZZZ

–Anda, ahora duérmete, que es tarde.
Buenas noches, mi amor.

–Hasta mañana, mamá. Te quiero mucho.

–Y yo a ti, mi vida.

A los pocos segundos
de haber apagado su madre la luz del cuarto,
Álvaro se quedó profundamente dormido,
satisfecho de saberse cómplice de ella.
Ahora los dos compartían un gran secreto:
su imaginación atómica.

Ya vería Retoñito lo que le esperaba.

# Martes y 13

MIENTRAS saboreaba con glotonería
su bol de cereales con yogur líquido,
Álvaro recordó que no había hecho
el problema de mates y se preocupó.
Seguro que la profe lo sacaría a la pizarra,
como ocurría siempre que no llevaba
los deberes hechos por alguna razón.

En cambio, nunca lo sacaba
cuando los tenía perfectos.
Esa preocupación le impidió disfrutar
de las últimas cucharadas,
normalmente las más ricas.
Encima, su madre le metió prisa.
¡Qué lata, siempre con la dichosa prisa!
Cuando él fuera mayor,
se iría a vivir a la sabana africana.
Allí nadie le metería prisa
y viviría grandes aventuras
como Indiana Jones. Y domesticaría
a algún león para que le hiciera compañía.
Y se haría amigo de los monos, como Tarzán.

    –Álvaro, coge tus cosas, que nos vamos
–volvió a apremiarlo su madre.

    Álvaro recordó la conversación
que habían tenido la víspera
y se dirigió a su cuarto
para recoger su mochila.
No quería perder su complicidad.
Pero no había hecho más que empezar
a meter en ella uno de sus cuadernos,
cuando oyó la metálica voz de Retoñito:

    –¡Eh, tú, Bávaro! ¿Adónde vas?

–Al cole, y tengo mucha prisa.

–Voy contigo.

Álvaro sintió las palabras de Retoñito
como si le hubieran soplado con una trompeta
dos notas desafinadas en el oído.

–No puedes venir –le replicó con firmeza.

–¿Por qué?

Se tomó un par de segundos
para buscar una excusa convincente.

–Porque no tienes uniforme
–dijo satisfecho.

–Pues píntamelo. ¿Qué problema hay?

¿Es que nunca se saciaba ese monigote?
¿Es que iba a tenerlo esclavizado
para siempre?

Álvaro se acordó de lo que le había dicho
su madre sobre el potro salvaje que había
que domar. Pero justo en ese momento,
volvió a oír su voz impaciente apurándolo.

–¡Álvaro! ¿Qué diablos estás haciendo?
Vamos a llegar tarde.

–¿Lo ves, Bávaro? ¿A qué esperas?
Vámonos de una vez.

Álvaro cerró su agenda escolar
y la guardó en la mochila,
no sin antes fijarse en algo
que le llamó poderosamente la atención:
era martes y trece, el día de la mala suerte.

En dos segundos, ni uno más ni uno menos,
decidió llevarse a Retoñito al colegio.
No quería líos con su madre,
bastante había tenido ya la víspera,
así que cogió el papel donde estaba dibujado
y se lo metió en el bolsillo del pantalón.
Ahí dentro tendría menos posibilidad
de movimiento, no podría hacer de las suyas.
Pero eso era minusvalorarlo.
Álvaro no tenía ni idea de la capacidad
que tenía ese monigote
para poner su vida patas arriba.

## *14 segundos*

Cuando Álvaro llegó a su clase,
ya la mayoría de los niños estaban
sentados en sus sillas y la profe esperaba
impaciente a que se acomodaran los dos
que quedaban por hacerlo. Pero no era fácil
manejarse en aquel reducido espacio
donde apenas había sitio para sus piernas.
Los fabricantes de muebles
no debían de saber el tamaño
de los niños de hoy, pensó contrariado.
Encima, cuando por fin logró sentarse,
Retoñito empezó a rebullir en su bolsillo
y a darle picotazos como la típica mosca
pesada, así que no le quedó más remedio
que sacarlo de ahí y meterlo dentro

de su cuaderno de mates,
asomando por arriba los tres retoños de pelo.
Así lo tendría controlado.

–A ver, Álvaro, que parece que tienes
el hormiguillo en el cuerpo –dijo la profe–.
Sal a la pizarra a hacer el primer problema.

Álvaro sintió la garganta seca,
como si le hubieran llenado la boca de tiza.
¿Por qué él? ¿Es que no había más niños
en la clase? No era justo que le preguntaran
siempre a él. Y como necesitaba descargar
su enfado contra alguien, le echó las culpas
a Retoñito. Si se hubiera estado quieto...

–¡Vamos, que es para hoy!
–se impacientó la profe.

–Es que estoy encajonado.
Estas mesas son muy pequeñas.

–Déjate de excusas y sal.

No era ninguna excusa:
esas eran mesas para pitufos,
lo mismo que los pantalones,
que siempre le quedaban cortos.
«Ojalá hicieran un simulacro de incendio
y tocaran el timbre para desalojar»,

pensó Álvaro mientras sacaba con esfuerzo
una de sus larguísimas piernas.
«Ojalá cayera un trueno
y se partiera el tejado.
Ojalá se desatara un huracán. Ojalá...».

–¡¡¡Álvaro!!! Te doy catorce segundos
para llegar aquí. Ni uno más.

¿Catorce segundos?
¿Y por qué no quince o veinte o veinticinco?
Al menos podía haber dicho
un número más redondo;
ese era un número absurdo.
Además, estaba al final de la clase.
¿Es que no se había dado cuenta
de ese pequeño detalle?
Pero la profesora lo miraba
con esa expresión que tan bien conocía él,
como diciendo: «Estás acabando
con mi paciencia».

Por culpa de las prisas,
al sacar la otra pierna,
tropezó con la mochila de Ignacio
y dio un traspié. Los niños se rieron
y la profe le dijo que dejara de hacer el tonto.
¿Podía haber injusticia mayor?

–Me he tropezado –dijo fastidiado,
porque era la verdad, la pura verdad.
Estaba harto de que siempre lo convirtieran
en sospechoso.

–Bueno, a ver cómo has resuelto
el problema que os puse –dijo la profe
entregándole una tiza nueva,
recién sacada del paquete.

Álvaro la cogió y empezó a dibujar
con desgana la primera línea.
La tiza emitió un desagradable chirrido.

–Ayyy –chillaron algunos niños.

¡Pero qué histéricos!

–¡Álvaro! –exclamó la profe, exasperada.

–No lo he hecho aposta –respondió malhumorado; el caso era culparlo de todo.

Trazó con cuidado la segunda línea sin ningún percance, y ya estaba a punto de finalizar la tercera, cuando escuchó decir a Retoñito imitando su voz:

–No se puede hacer el problema porque está mal planteado.

Las orejas de Álvaro vibraron como un xilófono tocado por Obélix.

–¡Vaya, no me digas! –dijo la profe cruzando los brazos, con una expresión entre resignada y divertida.

¡Lo que le faltaba! Según ella, Álvaro le discutía siempre todo, pero esta vez no había sido él, había sido Retoñito. Claro que ella, con su manía de regañarlo, ni siquiera se había percatado de que esa no era su voz.

–¿Y por qué está mal planteado, si se puede saber? –añadió con retintín.

A Álvaro le parecía tal injusticia
que prefirió mantenerse en silencio.
No tenía por qué contestar a algo
que él ni siquiera había dicho.
Pero la profe exigía una respuesta.

–A ver, Álvaro.

–Porque... no sale.

–¡Ah, ya! –Álvaro no estaba seguro
de si la profe se estaba aguantando la risa
o trataba de ser paciente–. Trae tu cuaderno,
vamos a ver por qué no sale.

Álvaro vaciló. Si se lo mostraba,
vería que no lo había hecho,
y encima Retoñito se encontraba dentro;
seguro que lo metería en otro lío.
Pero el gesto hostil de la profe
no le dejó alternativa,
así que fue hasta su mesa, cogió el cuaderno
y, con el corazón en un puño,
se lo entregó mansamente,
deseando con todas sus fuerzas
que Retoñito se hubiera largado de allí.
Pero eso era no conocerlo. ¡Justo ahora
que podía tener algún protagonismo!

La profesora lo abrió y exclamó:

–¡Vaya! ¡Mira dónde estaba el problema
de Álvaro! No me extraña que no te saliera.

Y se lo mostró a los niños,
que soltaron la carcajada al ver a Retoñito.
Álvaro enrojeció y sintió que sus orejas
eran dos tostadas recién hechas.

–Desde luego hay que admitir
que es un triángulo la mar de original.
Imaginación no te falta.
Pero, dado que no estamos
en clase de Plástica sino de Matemáticas,
te tengo que poner un negativo.
Siéntate y atiende, que estás siempre
en la luna de Valencia –esto último lo dijo
tirando a enfadada.

   También él lo estaba.
Difícilmente podía estar allí
cuando ni siquiera conocía Valencia.
¿Acaso le veían cara de astronauta?

–Anda, ve a tu sitio
y pon los cinco sentidos.
Ignacio, sal tú a hacerlo.

A Ignacio siempre le salían
todos los problemas, siempre sabía todo,
era muy inteligente. Seguramente a él
Retoñito no se le habría subido a la chepa,
pero le daba vergüenza pedirle consejo
por si se reía de él. No era fácil
que se creyera semejante historia.
Álvaro se sintió más solo e impotente
que nunca. Nadie lo comprendía.

# A los 15 días...

Durante las dos semanas siguientes,
Álvaro fue cinco veces al despacho
de la directora, tuvo cuatro peleas terribles
con su hermano mayor, se quedó tres días
sin ver la tele, dos recreos castigado,
y recibió un grito de su padre.
Esto último fue lo que más le dolió,
porque era muy difícil que su padre
llegara a perder la calma
y él había conseguido sacarlo de sus casillas.
Pero todo, absolutamente todo,
había sido por culpa de Retoñito.
Su madre tenía razón,
las cosas no podían continuar así.
¿Dónde se había visto

que un monigote manejara a su dibujante
como si fuera un títere? ¡Vamos a ver!

Él era inteligente.

Él había creado a Retoñito.

Y por tanto no podía dejar
que se le subiera a la chepa de ese modo.

Álvaro se hizo a sí mismo
la firme promesa de tomar cartas en el asunto.
Y se la hizo justo después de que la profe
le volviera a decir por centésima vez
que bajara de la luna de Valencia.
De hoy no pasaba, estaba decidido
a llevarla a cabo por encima del sol
y de la mismísima luna de Valencia,
faltaría más. Era una determinación
tan fuerte como la del león hambriento
que persigue a su presa. Tan fuerte
como la de las abejas que defienden la miel
de su panal. Tan fuerte como la de Fernando
Alonso al adelantar a su rival.
Tan fuerte como un mate de Rafa Nadal...

Cuando llegó a casa,
su determinación era tan grande
que parecía el increíble Hulk.

Ya estaba bien de recibir castigos
de todo el mundo. Ya estaba bien de ser
el tonto de la clase. Ya estaba bien
de que la profe estuviera hasta el moño de él.
Se iba a enterar Retoñito de con quién
se la estaba jugando y quién mandaba a quién.

  La decisión estaba tomada,
ahora ya solo tenía que pensar un plan.
Primero merendaría para coger fuerzas,
luego vería un rato la tele para relajarse
después del duro día de cole,
y finalmente pondría en marcha
su maravilloso plan, porque para entonces
ya se le habría ocurrido uno.
Álvaro sonrió malévolamente
al pensar que Retoñito tenía las horas
contadas para hacer lo que le daba la gana.

Claro que las cosas nunca son tan fáciles
como uno las imagina, y su determinación
a prueba de bomba estuvo a punto
de irse al traste por culpa de su hermano mayor.
Había llegado antes que él a la televisión
y se negaba a dejarle ver sus dibujos favoritos.

–Es un documental de caballos
que me interesa un montón –le dijo tan fresco.

Eso lo descompuso. ¿Para qué diablos
quería ver un documental de caballos?
Únicamente por fastidiarlo a él, claro.
Su hermano era un abusón:
solo por ser mayor, se creía con más derecho.
Pero cuando ya iba a enzarzarse
en una interminable pelea, se dio cuenta
de que se trataba de la doma de un potrillo
y se acordó de Retoñito. ¿No era eso
lo que tenía que hacer con él: domarlo?

Automáticamente, Álvaro quedó absorto
por lo que estaba ocurriendo
dentro de la pantalla. Y es que justo
en aquel instante, el domador estaba hablando
sobre el entrenamiento diario,
la importancia de la rutina
y el establecimiento de unas metas.
Pero, al parecer, lo más importante de todo
era entablar una buena relación con el animal.
Todo aquello era muy interesante.
Interesantísimo. Álvaro comprendió enseguida
que esas eran las claves para llevar a cabo
su plan, aunque todavía no supiera
cómo utilizarlas con Retoñito.

Solo cuando mamá le dijo que fuera
a hacer los deberes, a Álvaro se le encendió
una lucecita. ¡Eso era, los deberes!
Pondría a Retoñito a hacer problemas
de Matemáticas y ejercicios de Lengua
y de Conocimiento del Medio;
de ese modo lo mantendría ocupado
y no lo metería en líos.
Se trataba de ponerle una cabezada,
como había hecho el domador con el potrillo.
Claro que aquel, al lado de Retoñito,

era tan manso como un cordero.
¡Menudo terco era su *amigo*, se las sabía todas!
Pero él era mil veces más inteligente
y se lo iba a demostrar.

# 16 palabras

ÁLVARO entró en su cuarto
con la misma determinación de una leona
que persigue a su presa, dispuesto
a enfrentarse a ese monigote
que había puesto su vida patas arriba.
Pero, nada más traspasar la puerta,
escuchó esa familiar voz que parecía
un solo de trompeta.

   –Ya era hora, Bávaro.
Me estaba aburriendo mortalmente.

   Álvaro se tuvo que morder la lengua
para no soltarle la contestación
que se merecía. Pero se contuvo al recordar
las palabras del domador: «Es necesario
establecer una buena relación con el potro
para lograr que te obedezca».

Si entraba al trapo, acabaría metido
en una de esas interminables discusiones
en las que él siempre llevaba las de perder,
así que le dijo en tono amigable:

–Si te portas bien, te inventaré un juego
muy divertido.

A Retoñito se le dibujó en la cara
una sonrisa como una rodaja de sandía.

–Eso está hecho –respondió.

Álvaro comprendió que iba
por buen camino, pero ahora venía
la parte más difícil: hacerle creer
que los ejercicios de Lengua
eran un juego estupendo.
Ese monigote era muy listo
y podía darse cuenta de la jugada.

¡Qué bien lo conocía Álvaro!
En cuanto vio que abría el libro de Lengua,
Retoñito le dijo:

–Eso son los deberes, no es ningún juego.
¿Crees que soy tonto?

Álvaro comprendió que pisaba
un terreno resbaladizo; tenía que ir
con mucho tiento si no quería que el plan
se le fuera de las manos.

–En realidad es un juego
para personas inteligentes
porque hay que pensar bastante;
quizá tú no seas capaz de hacerlo –lo retó.

  Al dibujo se le dispararon
los retoños de pelo hacia arriba,
de modo que parecían tres cebollinos,
y se le frunció la boca como una garrapiñada,
poniéndose de morritos.

  –Pues claro que soy capaz
–saltó como un resorte.

  Álvaro sonrió para sus adentros
al comprobar que iba por muy buen camino.

  –Vale. ¿Ves estas dos frases?

  Se las señaló:

  *En el prado hay una cerca de alambre.*

  *La ciudad está cerca, no tardaremos en llegar.*

  –Sí, son dieciséis palabras –respondió,
orgulloso de la rapidez de su cerebro.

–Eso lo sabe cualquiera –lo chafó Álvaro–.
Lo que tienes que hacer es buscar
dos palabras homógrafas
y ver qué diferencia hay entre ellas.

Retoñito se sopló el flequillo,
agitó sus brazos como patas de cigüeña
y confesó:

–No sé lo que son palabras homógrafas.

–Ya me parecía a mí
que iba a ser muy difícil para ti.

–Si me dices lo que significa «homógrafas»,
podré hacerlo –se picó.

El caso es que Álvaro tampoco lo sabía,
porque no había atendido
cuando la profe lo había explicado,
pero lo miraría en el libro de Lengua.

–Son dos palabras que se escriben igual,
pero significan cosas diferentes
–leyó en voz alta.

–¡Ya lo sé, está chupado! –gritó Retoñito
haciendo una pirueta en el aire–.
Es *cerca*. La primera significa que hay
un vallado, y la segunda, que no está lejos.
Ponme otra adivinanza más difícil.

¡Había mordido el anzuelo!
Álvaro no pudo ocultar su alegría.
Ahora que había conseguido
ponerle la cabezada, sería todo más fácil,
pensó. Y pasó a leerle la siguiente actividad:

–*Cuanto más cerca, más lejos;*
*cuanto más lejos, más cerca.*

Nada más leer la frase,
Álvaro pensó que era absurda.
Si estás más cerca, no puedes estar más lejos,
y al contrario tampoco.
Eso era una contradicción,
tenía que estar mal.
Pero Retoñito exclamó entusiasmado:

–¡Lo tengo!

Esta vez, Álvaro se sonrió abiertamente,
sin disimulo, esperando qué chorrada
iba a soltar. Esa frase tenía que estar mal
por narices.

–Quiere decir que la cerca es mayor
cuanto más lejos alcanza,
o sea, cuanto mayor es el sitio
alrededor del cual se instala.

Álvaro se quedó patitieso.
Le daba rabia admitirlo,
pero tenía que reconocer que Retoñito
era inteligente, muy inteligente.
Por un instante volvió a sentirse torpe,
como cuando en clase no daba una,
pero enseguida le vino otro pensamiento
a la cabeza que borró de un plumazo
esa sensación. No, él no era torpe.
Él había creado a Retoñito.
Ese monigote había salido de su imaginación,
así que él era mil veces más inteligente
y se lo iba a demostrar.

# En la página 17

Cada día Álvaro, al volver del colegio,
retaba a Retoñito con nuevas preguntas
y problemas de Matemáticas,
sin darse cuenta de que también
se estaba retando a sí mismo.
El caso es que Retoñito se cansaba enseguida,
era poco constante, de modo que Álvaro
se las tenía que ingeniar
para que los distintos temas
se convirtieran en fabulosas aventuras.
Era la única manera de mantenerle viva
la ilusión.

–Bávaro, vamos otra vez a dar vueltas
a los planetas –le pidió en cuanto sacó
los libros de la mochila.

«Pobrecillo, ¡qué inocente!», pensó.
«Lo estoy engañando como a un chino
y el pobre ni se cosca. El otro día le enseñé
los movimientos de rotación y traslación
de la Tierra y ahí está, tan feliz,
creyendo que ha vivido la aventura de su vida.
Pero a ver cómo me las arreglo
con el tema de hoy, el ayuntamiento,
menudo peñazo. No sé qué me voy a inventar
para hacerlo interesante y que cambie
de opinión».

    –Mira que has cogido perra
con los planetas, ¿eh?
Además, ¿no ves que acabas de merendar?
Te vas a marear de tanto dar vueltas.
Hoy te vas a convertir en un detective
–dijo casi sin pensarlo.

    –¿Como Sherlock Holmes?
–se le iluminó la cara.

    –Más o menos.

    –¡Cómo mola! –exclamó ensanchando
tanto la sonrisa que le llegó hasta su flequillo
de media luna.

En momentos así,
a Álvaro se le despertaba
un sentimiento de ternura.

La verdad es que le estaba empezando
a caer simpático ese monigote,
y tenía que reconocer que últimamente
se estaba portando bastante bien.
La profe ya casi nunca le decía
que estaba en la luna de Valencia,
y era capaz de responder a la mayoría
de las preguntas que le hacía.
En la última evaluación
había progresado adecuadamente
en todas las asignaturas, incluidas las mates.
En vista de eso, su madre le había regalado
el videojuego para el que estaba ahorrando.
Las cosas no podían irle mejor.

Solo alguna vez,
Retoñito todavía le liaba alguna gorda,
como cuando se cargó su Pilot rojo
descargándole toda la tinta
sobre los ejercicios de Lengua.

Pero, en general,
apenas le daba ya la lata.
Se entretenía él solo
con sus propias aventuras.
Incluso podía estar ausente varios días
en los que Álvaro ni se acordaba de él.

Y de pronto, un buen día,
sin que su creador supiera cómo,
Retoñito desapareció
en la página diecisiete
del libro de Conocimiento del Medio
y ya no volvió a aparecer.
Álvaro lo buscó en esa
y en el resto de las páginas,
pero no lo encontró.
Y poco a poco se fue olvidando de él.
La verdad es que andaba
bastante ocupado
con un proyecto científico
que les había mandado la profe
y que él estaba haciendo con Ignacio.
Luego vino su fiesta de cumpleaños
y el verano...
Y Retoñito cayó en el olvido.

PASARON LOS AÑOS
y Álvaro se convirtió en un adolescente
con ganas de vivir a tope su propia vida.
Le gustaba escuchar la música
a todo volumen, jugar al fútbol,
las chicas, las discotecas y, sobre todo,
que le dejaran en paz.
Vamos, lo normal a esa edad.
Ni se había vuelto a acordar de Retoñito.
Hasta que un día, su madre le comentó:

   –Oye, Álvaro,
¿qué te parece si meto a Retoñito
en la novela que estoy escribiendo?

   En ese momento,
su corazón dio un vuelco
como si hubiera hecho *puenting*
hasta el suelo. ¡Retoñito!
Aquel nombre le trajo de sopetón
un montón de recuerdos
que se apelotonaron en su mente.

   –Es que Andrés, el protagonista,
va a hacer un cómic,
y he pensado que el personaje
podría ser Retoñito –le aclaró su madre
al ver su gesto de sorpresa.

De pronto, aquel monigote
volvió a cobrar vida en la cabeza de Álvaro
y empezó a recordar todos y cada uno
de los follones en los que lo había metido
hasta que había conseguido domarlo.
También se acordó de las aventuras
que habían vivido juntos.
Y sintió una gran nostalgia.
¡Qué personaje, Retoñito! Era descarado,
contestatario y respondón,
pero con un punto inocente.
La verdad es que resultaba bien simpático.
¿Cómo había podido olvidarlo
todos estos años?

    –Me parece genial
–le respondió con ese brillo
que se le pone a uno en los ojos
cuando recupera a un viejo amigo.

    –¿Podrías volver a dibujarlo?
¿Te acuerdas de cómo era?

    ¡Vaya si se acordaba! Perfectamente.

    –Claro, ahora mismo te lo hago.

    Álvaro realizó unos cuantos trazos
con rapidez y le entregó el folio a su madre.

Por un momento le dio la impresión
de que Retoñito le había guiñado un ojo.

–Míralo qué gracioso.
Siempre me encantó este personaje,
es supersimpático –comentó ella.

–¡Ojo con él! –le advirtió Álvaro,
medio en broma y medio en serio.

–Espero ser capaz de controlarlo
–se rió su madre–. Creo que puede servirle
a Andrés para encontrar su camino en la vida,
¿no te parece?

¿Ayudar a Andrés ese macarrilla descarado?
Por un instante, Álvaro pensó
que a su madre se le había ido la pinza.
Pero, al volver a observarlo,
cayó en la cuenta de que, para él mismo,
Retoñito había sido una gran ayuda.
Una grandísima ayuda.
Porque le había obligado a ponerse retos,
a luchar, a crecer, en definitiva.
Y sobre todo, a controlar su imaginación.

–Sí, yo también lo creo
–respondió convencido.

Y así fue como Retoñito
alcanzó su momento de gloria
apareciendo en un libro impreso,
*Nunca seré tu héroe.*
Pero, no contento con ello, insistió e insistió
para que también se editaran
sus propias aventuras,
y no paró hasta conseguirlo.

## TE CUENTO QUE MARÍA MENÉNDEZ-PONTE...

*... empezó a escribir porque se lo pedía su cabeza volcánica. Como si fuera un juego, un día empezó a contarles historias a sus hijos y descubrió toda una vocación. Pero lo cierto es que María no podía haberse dedicado a otra cosa: de pequeña siempre estaba inventándose historias y viviendo mil aventuras, acompañada exclusivamente por su enorme y atómica imaginación. A la hora de buscar inspiración, María recurre a sus hijos (que se lo digan a uno de ellos, que sufrió en sus carnes las «travesuras» de Retoñito). Pero también se fija en las historias que le cuentan sus lectores. Así que, quién sabe, puede que la conozcas un día y tu historia le sirva como punto de partida para uno de sus libros.*

**María Menéndez-Ponte** nació en La Coruña. Fue dos veces campeona de España de gimnasia deportiva de Primera Categoría. Está licenciada en Derecho y Filología Hispánica. Es una de las autoras de literatura infantil y juvenil más vendidas y reconocidas del país. El Cervantes Chico es uno de los premios que avalan su carrera.

# ¿QUIERES LEER MÁS?

SI LO QUE TE HA GUSTADO DE ESTE LIBRO ES LA RELACIÓN ENTRE EL PROTAGONISTA Y SU MADRE, **SE VENDE MAMÁ** te va a encantar. Verás:

Óscar, el protagonista, es un niño de ocho años que, ante las dificultades que tiene con su madre, decide que lo mejor es ponerla a la venta en internet. ¡Menudo lío se monta cuando aparecen los primeros compradores!

***SE VENDE MAMÁ***
*Care Santos*
*EL BARCO DE VAPOR, SERIE AZUL, N.º 147*

A ÁLVARO LE OCURRE LO MISMO QUE A RAMÓN, EL PROTAGONISTA DE **LAS PALABRAS MÁGICAS**,

y es que este niño tiene una imaginación desbordante que le lleva a meterse en problemas, sobre todo con su madre, que dice que no se porta nada bien. Pero Ramón está dispuesto a demostrarle a su madre que está equivocada.

***LAS PALABRAS MÁGICAS***
*Alfredo Gómez-Cerdá*
*EL BARCO DE VAPOR, SERIE NARANJA, N.º 20*